*Para Olga*

# Mi abuela Amanda

*Ricardo Alcántara*
*Ilustrado por* **Alicia Cañas**

A MI ABUELA AMANDA LE GUSTA CONTAR HISTORIAS DE OTROS TIEMPOS. ELLA DICE QUE SON CIERTAS, AUNQUE A MÍ ME CUESTA CREERLAS, PORQUE ME SUENAN A HISTORIETAS DE TEBEO.

SEGÚN MI ABUELA, A LOS BEBÉS LOS TRAÍAN LAS CIGÜEÑAS. EL ANIMAL ENTRABA EN LA CASA COMO UNA FLECHA PARA QUE NADIE LO VIERA, Y ENTREGABA EL BEBÉ A LA MADRE.

MI ABUELA LLEGÓ A PASAR HORAS
ESCONDIDA, CON LOS OJOS FIJOS EN
LA VENTANA, DESEOSA DE VER UNA
DE ESAS AVES CON UN BEBÉ EN EL
PICO. PERO YA NUNCA MÁS VOLVIÓ
A ENTRAR UNA CIGÜEÑA EN SU CASA.
ASÍ ES QUE ELLA ACABÓ SIENDO
LA PEQUEÑA DE SIETE HERMANOS.

ERAN CUATRO CHICOS Y TRES CHICAS. CON TANTOS NIÑOS EN CASA EL DINERO NO SOBRABA.

POR ESO, SI ALGUNO
SE HACÍA UN DESGARRÓN EN LA
ROPA, LA MADRE SE LA DEJABA
COMO NUEVA CON UNA COSA
LLAMADA REMIENDO.

LA ABUELA DICE QUE
SU PAPÁ Y
SU MAMÁ LOS
QUERÍAN A TODOS
POR IGUAL, PERO
LOS TRATABAN
DIFERENTE.
CUANDO
EL PADRE
LLEGABA
A CASA,
SALUDABA A
LAS NIÑAS CON
UN BESO.

EN CAMBIO,
A LOS NIÑOS
SIMPLEMENTE
LES TOCABA LA
CABEZA.

LOS VARONES
TENÍAN QUE APRENDER
YA DESDE PEQUEÑOS QUE
NO ESTABA BIEN LLORAR NI
DAR DEMASIADOS BESOS.

AL ACABAR LOS DEBERES,
LOS NIÑOS PODÍAN SALIR A LA CALLE
Y JUGAR CON SUS AMIGOS.
LAS NIÑAS SE REUNÍAN EN LA SALA
Y LA MADRE LES ENSEÑABA A BORDAR.

ENTRE PUNTADA Y PUNTADA,
ELLA LES DECÍA QUE DEBÍAN APRENDER
A BORDAR, COSER Y GUISAR
PARA ENCONTRAR UN BUEN
MARIDO Y CASARSE.

MI ABUELA EXPLICA QUE SU MAMÁ
ESTABA TODO EL DÍA EN CASA Y
NO PARABA. SIEMPRE TENÍA
ALGO QUE HACER.

PERO SI UNO DE ELLOS
NECESITABA QUE LA MADRE
LE SECARA LAS LÁGRIMAS,
DEJABA TODO DE LADO Y LO
ABRAZABA SIN PRISAS.

LO ACURRUCABA ENTRE SUS BRAZOS HASTA QUE LA TRISTEZA SE HUBIERA MARCHADO.

DICE QUE SU PADRE ERA SERIO
Y DE POCAS PALABRAS. QUE TENÍA
BUEN CARÁCTER, HASTA QUE LO
HACÍAN ENFADAR.

CUANDO ELLA O SUS HERMANOS
HACÍAN UNA TRASTADA MUY GRANDE,
SU PAPÁ ENCERRABA
AL REBELDE EN UN CUARTO OSCURO.

LO DEJABA ALLÍ RATO Y
RATO, AUNQUE EL CASTIGADO
LLORARA A MOCO TENDIDO,
¡ASÍ APRENDÍA A
SER BUENO!

DICE QUE, EN AQUELLOS AÑOS,
NI SIQUIERA EXISTÍA LA TELE.

EN SU CASA HABÍA
UN APARATO DE RADIO
Y, AL CAER LA TARDE,
LA FAMILIA SE REUNÍA
A ESCUCHARLA.

CUANDO HABÍA
PROGRAMA ESPECIAL,

LOS VECINOS, QUE NI SIQUIERA TENÍAN
RADIO, SOLÍAN VENIR A CASA.

Y LA REUNIÓN SE
CONVERTÍA EN UNA
FIESTA INOLVIDABLE.

LA ABUELA DICE QUE ENTONCES
SOLO UNOS POCOS TENÍAN COCHE
Y QUE ELLOS NO ERAN DE LOS
AFORTUNADOS. PERO, UNA VEZ AL
MES COGÍAN EL TRANVÍA E IBAN
HASTA LA ÚLTIMA PARADA.

LUEGO REGRESABAN.
VOLVÍAN A CASA TAN
EMOCIONADOS COMO SI,
MONTADOS EN GLOBO,
ACABARAN DE DAR LA
VUELTA AL MUNDO.

LOS BAÑADORES ERAN
DESDE LOS CODOS
HASTA LAS RODILLAS.

A PESAR DEL ENGORROSO VESTIDO, METERSE EN EL AGUA RESULTABA DELICIOSO.

CLARO QUE, AL SALIR, EL BAÑADOR PESABA TANTO QUE ERA COMO SI LLEVARAN UN TROZO DE MAR CARGADO SOBRE LA ESPALDA.

ELLA CUENTA QUE LOS GATOS
ESTABAN EN CASA PARA CAZAR
RATONES Y DEBÍAN SER TRATADOS
COMO ANIMALES.

NADA DE ABRAZARLOS, NI
JUGAR A PILLARLES, NI COMPARTIR
CON ELLOS LA CAMA EN LAS
OSCURAS NOCHES DE INVIERNO.

DICE LA ABUELA QUE ELLA TENÍA
SOLO UNA MUÑECA Y QUE LA TRATABA
CON MUCHO CARIÑO.

A PESAR DE SUS CUIDADOS,
TARDE O TEMPRANO, LA MUÑECA
DESAPARECÍA. ELLA SE VOLVÍA LOCA
BUSCÁNDOLA, PERO SUS ESFUERZOS
RESULTABAN EN VANO.

PASADOS LOS DÍAS,
AL LLEGAR SU CUMPLEAÑOS,
SUS PADRES LE REGALABAN
UNA MUY PARECIDA, VESTIDA CON
UN TRAJE NUEVO Y MEJOR PEINADA.

ASÍ AÑO TRAS AÑO, SIN QUE LA
ABUELA APRENDIERA A RESIGNARSE
A PERDER LA MUÑECA QUE TANTO
QUERÍA Y DE LA QUE NO DESEABA
SEPARARSE.

CUANDO CUMPLIÓ ONCE AÑOS LA
MUÑECA DESAPARECIÓ PARA SIEMPRE.
SE LA REGALARON A UNA PRIMA
PEQUEÑA. SUS PADRES DECÍAN QUE
ERA DEMASIADO MAYOR PARA PERDER
EL TIEMPO CON MUÑECAS.

ELLA NO PUDO NI RECHISTAR:
DE HABERLO HECHO LA HABRÍAN
MANDADO AL CUARTO OSCURO
PARA QUE APRENDIERA A NO
CONTESTAR A SUS PADRES.

MI ABUELA AMANDA
EXPLICA SUS
HISTORIAS Y YO
LA ESCUCHO SIN
PERDER PALABRA.

ALGUNAS SON TAN RARAS
QUE SUENAN A MENTIRA. SIN
EMBARGO, VIENDO A LA ABUELA
CON SU PELO BLANCO, SUS ARRUGAS
Y SUS PIERNAS FLACAS,

LO QUE MÁS ME CUESTA CREER ES QUE ELLA, ALGUNA VEZ, FUERA UNA NIÑA CON PADRE Y MADRE, Y DIENTES DE LECHE,

Y SE LLEVASE
UN SUSTO DE
MUERTE CUANDO
LA PERSEGUÍAN
LOS TEMIBLES
FANTASMAS.